四百代言

今猿人

竹林館

今猿人詩集

四百代言

目次

涙 8
寿 9
石 10
金 11
夢 12
扉 13
流 14
待 15
雨 16
孤 17
音 18
絵 19
貝 20
薬 21

山 22
鐘 23
枷 24
塩 25
書 26
源 27
噂 28
敵 29
詩 30
旅 31
星 32
秋 33
肉 34
血 35

政 36
義 37
紙 38
贋 39
猿 40
毛 41
言 42
猫 43
柿 44
鞄 45
時 46
神 47
縄 48
% 49

青　50
橋　51
友　52
死　53
嘘　54
人　55
知　56
乞　57

あとがき　「詩想の見本帖」として　59

表紙画　遠矢美緒

友と、友だった人達に。

詩集　四百代言

涙

滝の涙を遡る舟に乗り込み、その水源を確かめてみたい。雨の涙なら、金盥《かなだらい》の身に成り、その滴の全てを受け容れてもみたい。蛇口から洩れている涙。ぽたっ、ぽたっ、と、その音を聞きながら、静かな眠りにつきたい。故知れぬ涙。時には、笑い過ぎてさえ零す涙も。けれども大方は悲しさ故、悔しさ故に溢れ流れる。太古からまだ見ぬ先の世まで。全ての人の流すその涙が、大河と成り、大洋と成る。その塩辛い事！

一人の少女が、墓の前に摘み立ての花を供え、一心にお祈りしている。その両の目に湧き上がる清水。その二条の細い絹糸が、朝の昇り始めた陽の中で輝いている。一鳴きをして、子犬が少女の傍に走り寄る。少女の顔を不思議そうに見やっては、二本の絹糸をその舌先で優しく拭う。

また、とある街角では今、白い杖の爺さんが人の波に揉まれている。右に左に首を回しても、その目蓋は堅く閉じられたまま。行き場を失くしたその目頭からは、白く濁った涙が、じわり、と。深い沼を作り始める。

寿

夫婦がいた。長く一緒に暮らしていた。しかし子供はできなかった。男は七十五で死んだ。一つ上の女は更に一年生き、七十七で死んだ。それだけである。他には伝わる事も伝える者も、何も無い。男と女がどこで生まれ、どこで育ったのか、誰も知らない。男と女がどこで出会い、どこで暮らし始めたのか、風さえそれを知らない。どこにでも遍《あまね》く吹き渡るあの風さえ。二人の上にはどんな陽が差したのか。それともその様な日々があったのか、なかったのかさえ。誰も知らない。知ろうともしなかった。ただ男と女についてそれぞれ一つずつ、分っている事がある。男が、末期の肝臓癌であった事。これは、最期の居場所となった村の診療所のカルテの中に。そして女が、最期に浴槽の中で水に膨れて見つかった事。これは、村の駐在所の死体見分調書の中に。どちらも薄い墨でそう書かれてある。そして他には、何も無い。

夫婦がいた。つい四、五年前まで。村の鎮守の杜の、その辺りに。だから今、これを寿ぐ。

石

珍しい石を求めて世界中を踏査したN氏が亡くなってから、随分の年月が流れた。「石博士」と呼ばれたN氏の事を、一度は耳にした人も多いだろう。N氏が人跡未踏の地を選ぶようにして収集した石には、新発見のものが多い。それ等にはN氏の名を冠した学術名が付けられ、各国の博物館に陳列されている。しかし、N氏の名を有名にしたのは、それ等の石ではない。それは、N氏の最期の石の故である。N氏の最後の訪問地は南米の高山地帯であったが、N氏はそこで滑落して亡くなったのである。N氏の頭には、尖った拳大の石が突き刺さっていた。後年この石は、「N氏の血糊の石」として名を馳せる事となるのである。何の変哲もない石だが、その曰く因縁が、今でもこの石を好事家の間で高値で取引させている。続く話がある。最近になって、この「血糊の石」がさる筋の鑑定に掛けられた。そして、そのこびりついた血糊の中から、N氏のものとは異なる一本の頭髪が見つかったのだ。勿論、石自体は、依然黙したままなのだが。

金

どこまでも薄く薄く広がり続け、ありとあらゆる物に纏い付く。人に付ければ心を奪い、木に付ければ命を与える。彫られた命。削られた心。ある冬の日、その寺は（それは京都の北にあるのだが）、雪の装いを拒み屹立していた。同じ夏のある日、その仮面は（それは古代のエジプト王のものだが）、時の流れを拒み慟哭していた。果たしてどれだけの者がその所有を願い、叶わず死んでいったか。今となっては遂に分からず。果たして何人の者がその放擲《ほうてき》を隠し果《おお》せたか。古文書の文字も踊っては答えず。何故ならそれは、沈黙の対価ではなく、饒舌の借財だと。贋金作りでさえ、そう断言する。

今、世界のどこかで一発の銃声がする。目だけの男が二人。息を切り、足をバタつかせ、走り去る。急を報せるサイレンが鳴り響く。街の一隅に赤色の灯が回転している。薄く薄く、恐怖の箔《はく》が街を覆い尽くす。どこか、漆黒の闇の中で男達の囁く声がしている。二人の漆黒の指先に嵌められたそれは、血の匂い。対価なのか、それとも借財なのか。

夢

突拍子もない夢から目覚めた朝は、世界が歪んで見えて、ふしだらな期待に胸が躍る。ところが、いつものように食事をし、電車に乗れば、もうあとは同じ。単調な事共の繰り返し。ぐったりと一日を疲れて戻ると、いつか眠りに就いている。翌朝の夢の中では、世界そのものが無くなっていて、冷たい寝汗で目覚める。ところがどうだ。電車に乗れば、そこは人と人らしきものとの混載状態。勤め先では、薄汚れた反抗とお追従。ぐったりとまた一日を疲れて戻る。と、いつしか夜毎夜毎に見る夢だけが、続き物のドラマの楽しみとはなった。毎日はただ何事もなく過ぎ去り、夢の中にだけ正に夢を見て暮らしていた。

そんな或る日。彼女と出会った。夢じゃない。現実の、生身の女。それこそ、この世界で考え得る限りの最高の。それからはもう、毎日が夢の中。やがて結婚。そして一年経ち、二年経ちすると。今は再び、目覚めたばかりの寝床の中で、突拍子もない夢の余韻を楽しんでいるのだ。

扉

眠れない夜は、妄想の扉を開く。扉の向こう側。その先は白濁の闇。時々、赤や青、黄や紫の光が差し込み、さっと消える。すると、その日叶わなかった事が、いとも簡単に実現している。明日に夢見る筈の事さえもが、即座に叶っている。闇の中で眼を開きながら、そのようにして妄想の渦に溺れている。やがて一時間ばかり経った頃、静かな眠りが訪れる。全ては妄想なのか。それとも夢なのか。

昼。希望とやらに溢れて、街を歩いている。昨日までと何が変わったという訳でもない。ただ、街のそこかしこには扉がある。今まで一度も気付きはしなかったが。どこにも行き着かない道を歩いている。見つけた扉を手当たり次第、開いてみる。すると、昨日叶ったとばかり思っていたものが、明け方の夢の中の出来事なのだと知れる。明日になるには、まだ陽が高い。次々に回転する扉。こちらから入って、出て来るのは、決まっていつもの生活。希望とは、夢の仮名。そしてそれは、妄想の別名であると、気付く。

流

作り話は、流れるように書かれる。筆跡も鮮やかに。流れるように話される言葉も、大抵は嘘のようだ。その澄んだ声は、きっと黒い企てを飲み込んでいる。心の思いを綴る文字は、本当は縮れ、歪み、断ち切れている。本当の事を伝えようとする声は、くぐもり、とまどい、かすれている。誰も彼もが、人権とか自由とかに守られ、その背を押されている。誰も彼もが、声高にあれやこれやを口にし、文字にし、嬉々としている。手先は軽く、口先も軽く、心は風船玉のようにもっと軽い。おくび。体の中の澱んだ気体。それを、流れる文字にして、流れる言葉にして、体の外に吐き出さずにはおれないのだ。

不器用な人はだから、大きな文字を一つずつ、ゆっくりと書いてゆく。デコボコな文字、よくは読めない文字を。不器用な人は、詰まり、詰まりしながら、濁った声でその意味を示してゆく。するとその時、風がすぅーと部屋を吹き抜け、窓の外、また来た春の方へと流れてゆく。

待

いつもいつも、待っていた。そしていつも、待ち惚けを食らい、待ち草臥《くたび》れ、その内、何を待っていたのかさえ忘れてしまった。なのに、今もまた待っている。けれどもう、忘れはしない、何を待っているかを。

ただ待っている。静かに。その「時」がやって来るのを。心は、ときめきもしない。悄気《しょげ》てもいない。ただ幼子のように諾々《だくだく》と待っている。誰一人逃れられない、その手立てもない、誰もが心の裡で諦め、もしかすると憧れてさえもいるその「時」を。

『あゝまた、父に会える。あの人にも。タマにも、コロにも。』

そこは、光の充ち充ちた花園のようだ、と言う。妙香が漂い、優しい楽の音が流れている、と言う。まるで今見てきたかのように。それを疑う事も忘れ、僕は。その度ごとに目を覚まさせられたのに、僕は。

いつもいつも、待っていた。けれど、今度こそは待ち惚けを食らうこともない。絶対のその「時」が、ほらっ、一歩また一歩、こちらに近づいて来る。

雨

つまり僕は、何も見てはいなかった。何も聞いてはいなかった。誠実さの欠片さえ持ってはいなかった。すでに僕は、すっかり尽き果てようとしていたのだ。それでも時々、僕は何かを思い出したかのように歌い始めた。一体何を思い出したと言うのだろう。一体何の唄を。母の手の中でまどろみながら聞いていたあの子守唄？　薄暗い講堂に響いていたあの校歌？　それとも、いつか来る日のあのレクイエム？

町には雨が降っている。水溜りに浮かぶ七色の油。走り過ぎる車の列。傘も差さずに、酒の臭いの残る小路を歩いている。春の浅い頃、朝。店はどこも扉を堅く閉ざして。雨がしとしと降っている。それは、僕の人生の関わり知らない所のように。もう、昨日を思い出す事もない。明日を夢見る事もない。誰も見てはいなかった、のだ。誰も聞いてはいなかった。誠実さの欠片さえ、誰も持ってはいなかった、のだ。しとしと雨が降っている。世界の終わりの日であるかのように、今日の僕は清々しい。

孤

　泣きながらご飯を食べた事はありますか？　そうですか。私は何度もあるのです。別に理由なんてないのですが。泣きながら道を歩いていた事は？　そうですか。不思議です。訳なんてないのに。でも何故だか涙が湧いてきて、零れ落ちてしまうのです。何かを思い出して？　いいえ、そうではないのです。本当に何の為に泣いているのかも分らず、気が付くと涙が。多分それが私の性分なのでしょう。あれはどこだったか、いつの事だったか。とても鄙びた所を走るバスに乗っていたのです。不意に何の前触れもなく、たまらなく悲しくなってきて涙が止まらなくなり。乗り合わせた乗客の視線を避けるように、見知らぬ停留所で降りたのです。するとそこには、ずっと以前に亡くなった父と母とがいるのです。そういえばあの頃。貧しかったあの頃。いつも皆でまん丸のお膳を囲んで。妹も弟も、並んでご飯を食べていました。楽しそうに、ええ、笑いながら食べていました。

音

レコードに針を下ろす。すると、五十年前の時が不意に現れた。確かにこには、あのT・レックスが闊歩していた時代。針は滑る。レコードの溝を。まるで人生の隘路《あいろ》を経巡るように。三十三度繰り返せば、どうやらそれが丁度一年。あゝ、俺の人生よ。表を返し、裏に戻して。針は滑る。レコードの溝を。上下にうねりながら。まるで人生の垢を掻き出すように。あゝ、俺の過去。本当にそんなものがあったのかどうかさえ。もうはっきりとはしないけれども。甦ったばかりの音達に、この寒々とした部屋はほんのりと温まり。針は滑る。レコードの溝を。まるでそれは皺のように、ちぢれ、ちぢれ。針は滑る。レコードの溝を。もう何も思い出さない。思い出せない。何もかもが音の中に溶け入って。

レコードの中心まで進むと、針はひとりでに持ち上がる。オート・リターン。そしてまた全ては、五十年先の何処か知らない所へ消えてしまった。

絵

「昔は良かった」などと言うのは、老人の繰り言だから放っておこう。いつからの昔なのかも曖昧だから。ある日、「今の方がずっといい」と、そう思う事にした。どんなに積もり積もっても、去り行く速度には及ばない。記憶なんて、朝陽の内に消えゆく霧のよう。あの時、春の野に佇んでいた二人の間に、どこからか吹き込んだ風。あの時、ぽっかりと浮かんでいた雲もその風に流されて。

十年ごとに区切られた絵巻物がある。昨日から、その七本目を描き始めたばかり。よく開いて見ているのは、その二本目と三本目。半分を頭で見返している。いつまでもこの身に纏い付いて離れない頭で。あとの半分は、心で見返す。時々、どこにも見当たらなくなる心で。泣いている時は、ただ泣いていた。笑っている時は、ただ笑っていた。それは、ただそれぞれの時々が、一つ一つの絵に成った巻物。

初めて出合った時から、「今は昔」という言葉の意味が、よくわからない。

貝

その形状を己が耳に擬した詩人も居れば、その形状故に身悶えした詩人も居た。一夏をずっとその収集に過ごした少女も、早やこの季節は堅く閉じられた性《さが》を開かん、その具を探し始めた。異物が入れば涙を流し、やがてそれが光り輝く珠と成る。今や少女も娘と成り、女と成り、やがては涙を流し、一つの玉を身籠る母とも成るだろう。時には貨幣とも成り、首を飾る誉とも成り、その墓は太古、人の歴史さえ語り明かした。

今もじっと浜地に潜み、身を固め、足を擦り、手を伸ばし、砂を吐き。水底に届く光の中では、足を擦り、また足を擦り、身を固め、心を閉ざし。ただ番《つが》わんが為、雌貝は雄貝を求め、雄貝は雌貝を求め、水に生きる。だがしかし、雌雄のその別無きものの身は。

どこかで雷鳴がしている。それは波の響きのように。蝸牛が一匹、紫陽花の葉の上で雨に打たれている。遠く海から隔てられ、忘れかけた昔の夢を見ている。

薬

龍宮は思いの外、近くに在った。探していたのではない。街をぶらぶら歩いていると、いつの間にか白い亀の背に乗せられ、気が付くとここに居た。白い装束を纏った何人もの乙姫達が、目の前を行き交っていた。無性に眠くなり、暫くは眠っていたようだ。うつらうつらのまま目を開けると、広い水槽の中に一人居る。時々、乙姫が来る。その度に、腕にプスリと何かを突き立てた。「ここ、龍宮の美味です。」と、言う。天井や壁には、鯛や平目が踊っている。たおやかな音楽も聞こえている。また無性に眠たくなり、そのまま眠ったようである。どれ程の時間が経ったのか。「今はもう、龍宮を去る時です。」と、乙姫が言う。白い亀はどこにもいない。頭には白い包帯が幾重にも巻かれている。また街をふらふら歩いている。手渡された白い袋。中には、赤、青、黄、色とりどりの宝石の粒が入っている。朝、昼、夕、一粒ずつそれを飲んでいる。日々、龍宮は遠くに霞み、乙姫が訪れる事も、最早ない。

山

どうやら1センチずつ高くなっているようだ。朝カーテンを開け、真っすぐ目にする山が。それとも、こちらの身丈が1ミリずつ縮んでいるのだろうか。どこにでもありそうな、飯盛山。初めの朝から三十年。標高を桜木の一本分だけ伸ばし。終わりの夜からあと二十年。この身はすっかり削り尽くされ。十年前。焚火の不始末で、中腹にまん丸の禿地ができた。あの時は、ヘリが何度も何度も行き来して、隣の千丈寺湖の水をザーと。ザッザーと、何杯も何杯も。そのつど火炎は、その身を低くした。

あのまん丸の禿地も、すっかり緑の髪に生え変わり。そうしてそれは、なぜか我が頭頂に移植されれ？　今、空は青いよ。この梅雨の晴れ間。真っ青だ。白い雲が頂に浮かぶ。ひとつ。ふたつ。みっつばかりが、ふんわりと。「我、山に向かいて目を上ぐ」　太古がこんな所にも、在る。毎朝決まって見上げる者さえ居れば、この太古は太古のままに在り続ける。ところがだ。有限のこの身には、どうやら永遠の意志とやらが無い。

鐘

「号砲?」いやあれは、梅雨の終わりを告げる雷鳴だ。そらっ。もの凄い降りになってきた。また光った。そらっ、鳴った!　さあ流してしまえ、何もかも。昨日も、そして明日も。「明日も?」そうだ。明日も、望みも願いも祈りも何もかも、綺麗さっぱりと。みんな流し去ってくれ。明日を懐に隠し置き、昨日だけにおさらばするなんて。そんな虫のいい話がどこにある?　昨日だけを流すなら。しとしと降り続く雨でよい。こんな激しい雨でなく。じめじめ嘆き、悔やみ続けた昨日までを流すなら。それがお似合いというもので。また光った!　そらっ、鳴った!　雷鳴だ!　雷鳴。夏が来た。「とうとう夏が?」そうだ。昨日も明日もない。命のままに尽きると言う。あの季節がやって来たのだ。「命のままに?」

今、一閃!　ひときわ大きな雷鳴が辺りに轟く。一本の巨木が斜めに断ち切れた。するとまた、「雷鳴?」いやあれは。鈍い残響が、一日の終わりを告げる遠くの鐘の音。そうして雨は、一向に止まない。

枷

愚かな板を身に付けて、人々が街を闊歩している。街は今、黄昏の薄墨色。煌めき始めたネオンに反射している川の汚れ水。夏盛り。何かの祭りか、それとも一風変わった葬送の列か。人々の額には、テラテラした汗が浮いている。愚かな板が考え深げな様子で、人込みの中を誘導している。よく見れば、闊歩している足には枷が嵌められ、昨日の借財の身を声高に告白している。愚かな板は別の愚かな板を呼び合い、一直線上に結び付き、どうやらそれが、今の挨拶らしい。解け易い心の枷。明日の事など、誰も気にしてはいない。いつから人々は、愚かな板に囚われてしまったのか。奴婢に成り下がるのに、どんな正当な理由があったのだろう。前世紀の終わりに、野犬狩りの声はすっかり消えてしまった。しかし本当に生きて来たのは、あの野良犬達と、今この人達と、どちらがどちらだ。

街は、すっかり漆黒の闇。奇妙な光と耳障りな電子音。本当の事を、まだ、誰も知らない。

塩

少年時。帽子のツバから吹き出させては、追い駆けていた。薄汚れ、角が取れ、少し歪《いびつ》になった丸い物を。本物のようには音高くは響かず、それでもボコッと、遠くの草叢まで飛んでは消えた。あの日から今日まで。糧を得る為の言葉の元であるとも知らず。足りなければ命を削り、多過ぎればまた命を削り。塩梅よく、都合よく、運よく、愛想よく、上手く世間を渡ってきたのか。海の水を乾かす者と、山の岩から取り出す者と。いずれが尽きない者か。尽きない者ほど、貪る者か。知らず。

じめじめした心の中に、なお一匹の蛞蝓《なめくじ》が潜んでいて。あの帽子は今、どこにある？　そのツバから吹き出た「それ」を擦り付ければ。一人の者の一生分の「それ」を擦り付ければ。きっとそいつは、身悶えして消えてしまう筈ではなかったのか。知らず。知らず。ただ、遠く近く、黒ずんだ風景の中で、いつまでも「それ」だけが、白い。白過ぎる。

書

その見開きの二頁だけが日に焼け、手垢が付き、目印の折り返しがしてある。戦騎虎の巻。長く所在の分からなかった秘書である。百戦して負けず。戦わずして勝つ。その極意が二千年の昔から諸侯の間で伝わり、しかし現物は杳として知れなかった。それが今、目の前にある。表紙は剥がれ、束は緩み、欠けている頁もあるようだが、第一級品の発見には違いない。ところが、その中を読む事が、一行もできない。この国の言葉で書かれてあると、誰もがそう信じていたが、当てが外れた。そこには、どこの国の、いつの時代のものとも知れない文字のようなものが、細く長く連なっているのだ。そしてその丁度真ん中あたりに、見開き二頁分、何も書かれていない空白がある。恐らくそこには、この書の秘中の秘が書かれてある、いや、「書かれてあった」筈なのだが――。

日に焼け、手垢の付いたその跡だけが、そう語っている。

源

寝る前にはそいつであれこれと考えていたのに。使い過ぎたのだ。あまりにもぞんざいに。朝起きると言葉が無くなっていた。[redacted]はにならにのほへポリカりなのちすかみもじ手闇阿多せせりなんかとプリまらなのりぬたりちまさとをまとんそらりとじゃだがぎゃまりりに那らと見おならりここはなましれみそくらぼぢマントカントリ的カリナ他にもとりらまのまやこまくとりましくすせみまみまりね禁り忌の利せせえうしりのそ子ねままりてもれりいはまひらすいくはもてまいそらにま真子いな[redacted]それは、言葉と人との境にある長いトンネル。そしてその先には、まだ知らない世界があった。ずっと以前に忘れた筈のココロも。何かを言おうとして、…………

噂

根も葉もない言説がまかり通っている。「彼の人は、その為に生まれてきた」という類。ビリー・ホリディは歌う為に生まれてきた。ゴッホは絵を描く為に生まれてきた。なるほどそうか、と一度は頷き、それでもやはりと小首をかしげる。ハンク・アーロンはホームランを打つ為に、円谷幸吉はマラソンを走る為に、マザー・テレサは貧者を救う為に生まれてきた、のか？　本当に？　ホントウニ！　たまたまの出会い。たまたまの成行き。宝籤《くじ》に当たった人はその為に、津波に呑み込まれた人はその為に生まれてきた、のか？　たまたまの偶然。たまたまの終着。その一回きりを必然と――。しかし、火の無い所に、どうやら煙は立たないものらしい。そして、焼けてしまえば、元の姿も、その思念さえ残る事はない。

たま、たま、偶々、玉、玉、とそう呼ぶと、どこからか、首に鈴を付けた子猫が近寄ってくる。そんな日もある。

『私は、詩を書くために生まれてきたのです。』

敵

ようやく彼奴《きゃつ》の背中が見えて来た。競技場の入口が、すぐ目の前だ。五十年、走り続けてきたのだ。時には路上に倒れ、傷付き、反吐を吐き。そして今、彼奴がそこにいる。けれど追い付き、追い抜いて、いいのだろうか。彼奴と肩を並べ、それから一歩、また一歩と差を広げ。本当にそうしてしまって、いいのだろうか？　彼奴は俺の的。俺の憧れ。この五十年。走っている間中、感じていた奇妙な思い。「もしかして、彼奴は俺自身ではないのか」

競技場の門を潜り、俺と彼奴とは並走し始めた。あと一周。わずか一周で、五十年間の決《け》りを着けるのだ。ずっと昔、俺は彼奴の大胆なフォームに打ちのめされた。そして今、彼奴は俺の一歩、二歩後ろにいる。その高らかな足音も弱々しく聞こえる。ずっとずっと昔、この競技に俺を引き入れたもの。あゝそれも、彼奴の両の足だった。そのしなやかな跳躍と着地。本当にいいのだろうか？　今、テープを切る。俺の背後で、慟哭している者がいる。

詩

　いつまで経っても、いつもここで停まってしまう。安物の録音テープのように擦り切れもしないで。決まってここで、ピタリと停まってしまう。そして巻き戻し、再生。いっそ、プツリ、と切れてしまえばそれっきりなのに。いつも何かに邪魔をされて。

　この年月。一体何をしていたのだろう。随分と愚かな事に汗を流していた。随分と惨めな事に流していた涙も、確かにあった。そうしてやっぱり、ここにこうして戻って来る。何度も何度も飽きもしないで。飽きられもしないで。戻してくれる何かが、いつもどこかにあって。

　美しい音楽だけを聴き、ただそれだけを聴き。それとも、美しい一つの絵だけを観て。そんな風には誰も、生きてはいけない。いつまで経っても何度やっても、起き上り小法師《こぼし》のように、それともシシュポス*のように。そして巻き戻し、再生。何なんだろう、この中也は？　このハイネって奴は？

＊ギリシャ神話。コリントスの王で、ゼウスに憎まれ、死後地獄で、絶えず転がり落ちようとする岩を山頂に上げる刑に処せられる。

旅

それは、別れではない。出会いでもない。それは、停滞だった。一日中、山には風が起り、雨が降った。今、目の前をその塊りが流れ落ちてゆく。所々、薙ぎ倒された木々が、水の流れを塞《せ》き止める。しかしそれもまた、やがては更に大きな一つの塊りと成って流れてゆく。全てはそのように流れてゆくのだ。それは、決して留まる事のない時間のように。繰り返される時間。徒《いたずら》に消費される時間のように、それは。

旅する人よ。その真っ只中に居て、お前の身も心も、それらは以前の儘《まま》だ。つい数日前、ふと思い付いては出て行ったあの時も。遠い日、何かを夢見て旅立ったあの時とも。お前は全く何も変わってはいない。時間の中で出会い、時間の中で別れ。しかし、その当の相手は、誰でもなかった。ただ、時間だけが流れ、お前の決意も、失意までもが混ぜ合わさった。旅人よ。お前は停滞の道を、今も独り歩いてゆく。多分、どこにも着きはしない。何故か、人の時間だけが、限られてあるのだ。

星

過去を消す消しゴムはどこにも無いけれど、記憶を消す剃刀は、そこにもここにも何本も有る。夜毎夜毎、人々の枕元にそれが忍び寄る。繰り返し繰り返し見たものは、それが記憶なのか、夢なのか。過去なのか、未来なのかも分からなくなる。一億光年先から届けられた光がそうであるように。虚と実が、夢と現《うつつ》が、記憶と過去とが綯い交ぜになって。

夜空一面に広がる星達。数え切れない、抱え切れない、それは記憶の欠片。あの星は今も生きて在るのか？　あの星は何を語っているのか？　あんなに饒舌に煌きながら。その横には、じっと黙して消え入りそうな星も、ひとつ、ふたつ。記憶を消す剃刀の刃が首筋に当たっている。ゆっくりと、ゆっくりと顔を上げると。

青く光っている、あれはまだ年若い星。赤く光っている、あれはもう年老いた星。きらきらと輝いて、三日月が寄り添って。今、サァーと身を切るように流れて行った、あれは――、私を死なせたあの人。

秋

この空の、この深さ、この青さはどうだ！　それは、永遠というものを明かそうとするのか。それとも、一瞬にして消えてしまう幻を見せようとするのか。至福というものが、もしもどこかに在るとするなら、もしかしてこれがそうなのか。それともこれは、人が必ず立つと言う、あの奈落への入口に過ぎないのか。その深さ、その青さ。それは、深海の孤独にも似ている。あるいは、夢が破れた後の侘しさだろうか。遥か彼方、今イカルスが失墜する。それにしろ、思い出すのは、語り出すのは、昔、昔の事ばかり。常夏に人は倦み、常春に人は呆け。もし常秋の国が在るとしたなら。おゝ、ジャポネスク。景色だけの、触覚だけのその浅さよ。

夜、月が冴えて、虫が鳴いている。左右の羽根を擦り合わせ、擦り合わせ。虫が鳴いている。虫が鳴いている。狂おしいその鳴き声に、何がそんなに悲しいのか、訳もなく、故もなく、泣いている女がいる。この静けさ、この切なさは！　俄かに艶めく秋。

肉

裸で生まれてきて、裸で死んでゆく。そうだ。そうだよ。一本、また一本と歯が抜け、一本、また一本と髪が抜け落ちてゆく。そのように生まれてきたのだから。そうだ。そうだよ。一畳あれば寝るには十分なのに、もっと広い所を求めてあちらこちら、さ迷い歩いた。そうだった。一つの体には一つの衣で十分なのに、四つの季節にその何倍もの衣を誂《あつら》えた。そうだ。そうだった。沢山食べてきた。沢山飲んできた。「旨い」とは、本当はどんな味だったのだろう。よく分かりもしないで。いま、赤い肉には吐き気を催す。もう、何も欲しくない。無一文。無一物。そうだ。そうだよ。もう、何も要らない。

けれどもまだ、それでもどこかに嘘がある。どこかにまだ、見知らぬ誰かがいる。こんなものを書き残そうとまでして。裸で死んでゆくことを、躊躇《ためら》わせる何かしら。裸で生まれてきたことを、忘れさせる何かしら。そうだ。そうだよ。

血

そのものの為に、もう少し生きてみようと思った。何となればそれは、野仏の様なものであったから。♀はいつも、感情の似姿と成る。だから悔いる事はない。後ずさる事もない。「あなたは、わたしにどこか似ているわ」夜明けの街角に佇み、一羽の烏を見ている。収集前のゴミ袋を執拗に啄んでいる過去。「おかあさんは、どこにいますか?」

そのものの為に、死んでもいいと思った。何となればそれは、異神の様なものであったから。♂は大抵、思考の似姿と成る。だから誤ってばかり。いつも前のめりに倒れる。「俺は、誰にも、勿論お前にも、これっぽちも似てはいない」　夕闇が迫る頃、酒臭い息を吐きつつ、目も虚ろだ。律儀な安時計が昨日の時を刻んでいる今。「おとうさんは、どこにいますか?」

陽の下で種子が発芽する。雨の下でそれが地に根付く。仏も神も何も要らない。そのものの為に、♀も♂も何も要らない。何となればそれは、ジュラ紀の道徳律だったから。

政

使者はいつも不意にやって来た。主宰者の気紛れに民人は皆、右往左往した。こんな事があった。その年、奇病がその国を襲った。使者がやって来て言った。「この病は、人と人とが触れる事で広がる。よってこれより半年の間、お前達民人は、家の外に出る事を禁ず」と。季節は丁度、収穫の時に当たっていた。民人は病を怖れ、それ以上に、このお達しに背いた時の主宰者の怒りを怖れた。無為の裡に半年を過ごし、収穫物の全ては枯れてしまった。やがて奇病は去り、後には飢えて死んだ夥しい亡骸が残った。時に失策は、無策より始末におえない。勿論、主宰者を替える事もできた。民人の半数の者が声を上げさえすればという掟が、曲がりなりにも無いではなかった。しかし代々引き継がれてきたその血筋が、民人の心の中に重く伸《の》し掛かっていた。それに抗うには、民人は十分に怠惰でもあった。結局の所、その国は亡びた。使者は今、隣の国で新しい主宰者の命令を、新しい羊の群れに伝えている。

義

古代、「仙陀婆《せんだば》」というたった一語で、その時々に望む物を命じた王がいた。王の発するその一語で、侍者が、塩、器、水、馬、その物をピタリと当てた。あゝしかし、この現世。あれもこれもと手を伸ばし、誰もがもう疲れてしまった。選び採るには、あまりにも答えが多過ぎる。その豊穣に、なぜか薄ら寒ささえ感じる。どこにでも花が咲いていた。いつでも陽が射していた。いつも夜なのに。どこもかしこも砂漠なのに。そんな紛らわしい答えばかりに出喰わして、もうすっかり擦り切れてしまった。果たして王は、僥倖の人であろうか。果たして侍者は、有能の臣であろうか。求める物を得るのは、実は簡単だ。あの浜の真砂《まさご》から、価値のあるたった一粒のそれを盗む事よりも。言葉の意味を当てるのも簡単だ。数多の嘘から、たった一つ零れ出た誠を逃がす事よりも。

今宵、一人の賊が王宮に忍び入る。さあ盗め。ついに気付かれる事もなく巧妙に。まずは、その疲れ果てた心を。手にした宝物を、彼はきつくその手に握りしめる。

紙

　どこか広い体育館のような所。幾つもの台の上で、夥しい数の紙が一つ一つ。開かれ、分けられ、束ねられ、その数を読まれてゆく。紙には望み、怒り、悲しみ、喜び。或いは羞恥、嘲り、妬み、憎しみ。種々雑多な人の感情のようなものが、一つ一つ。鉛筆で、上手な者の手によるものから、蚯蚓《みみず》か蛞蝓《なめくじ》の歩行の跡や、幼児の悪戯書きのようなものまで。そして——、なぜかアルコール臭のする夜の内に、それら夥しい紙の正体が明かされる。翌朝、街はその話題に溢れ、一日、二日経ち、それは遠い記憶に成り、一ト月、二タ月経ち、それは薄い歴史に成る。一体何が変わったのか？　いや殆ど何も変わる事はなく、もし何かが変わったとして、一年、二年経ち、それもまた日常と成る。一体何の意味があるのか？　例えば稲や麦が毎年芽を出し育ち、やがて刈られて人の口へと入るように。そうして種を保つように。一つ一つの夥しい紙の遍歴は、こうして何度も繰り返される。使い終わった紙は、どこか薄暗い所に置かれ、或る日、ゴミとして処分される。

贋

朝起きると、机の上に一枚の紙があり、そこには一篇の詩が書かれていた。翌朝起きると、机の上にまた一枚の紙があり、そこには一篇の詩と共に、ずっと以前に死んだ高名な詩人の名が記してあった。しかしそれら二枚の紙片は、間違いなく私の筆跡なのである。この一ト月、各地の図書館を巡り、件《くだん》の詩人の作品という作品を全て調べてみた。どこにも、それらの詩は見当たらなかった。これは一体どういう事だろう。

その夜、寝入る間際、頭の中に真っ白な紙が浮かび上がり、ずっとそれを見ている者がいた。するとその内、その空白の紙にブルーのインクで文字が次々に書き入れられてゆく。あゝ、このペン先は——

その朝、二十年来の頭痛が跡形もなく消え去り、目覚めた。まるで、その日初めて口を開いた子供か何かのように。机の上には一枚の紙がある。そしてそこには、判読のできない太古の文字が、点々と記されている。私は一体誰なのだろう。

猿

何かにつけ、人の真似をする猿がいる。市中に流行り病が広がれば、すぐさまその患者に成り、市中にワクチンが行き渡れば、すぐさま接種の列に並ぶ。命が惜しいのでもなく、それを守ろうとするのでもない。それよりも彼《か》奴《やつ》はただ、人の真似をしていたいのだ。だから、流行り病で人が大勢死んでゆくようなら、奴もその仲間入りをするだろうし。ワクチンが効き、流行り病が収まるようなら、奴もまた生き延びてゆくのである。

そんな事は、何も今に始まった訳ではない。ずっと昔、と言っても、猿が人に進化する時間には比べようもない、ついこの前。この国では殆ど誰もが戦いを好み、市中はその為の骸で満ちていた。奴はその時、鉄兜を被り、その肩には銃を担いでいたのだ。そして戦いが終わり、ある年の五月、青空の下。ジグザグの行進をしている大勢の列のその中ほどにも、やはり奴の姿はあったのだ。つまり、奴は決して猿ではない。人だけが、人を真似るのである。

毛

美しい女の人の鼻の穴の中には、毛が生えていない。こんな自明の事を疑っている人が、世の中には少なからずいるらしい。どうやら、「どんな人間にも、鼻の穴の中には毛が生えている」そんな汚らわしい妄言を触れ回っている者がいるらしいのだ。愚かな事だ。一体何の目的があって、やっている輩なのだろう。人心を騒乱し、国体の変更を狙っているのだろうか。確かに、クレオパトラの鼻の一件はある。しかし、少し頭を働かせれば、そんな戯言に騙される筈などないのだ。恐らく盲信している連中は、自分を基準にして判断しているのだろう。自分がそうなのだから、きっとあの美しい人も、と。

昔、自分の贔屓の映画女優は「用便をしない」と公言していた教授がいた。人である限り、用便は必然の生理現象である。案の定、その教授は失脚したが、しかしながら、それとこれとは話が違う。謂わば、神性に関する、次元の異なる話なのだ。全くもって、ひど過ぎる。美しい女の人の鼻の穴の中には、断じて毛など生えてはいないのだ。

言

　悪い星の下に生まれた星は、我が身を嘆く事もできない。それは丁度、火を見るよりも明らかな火が、我が身をずっと燃やし続けていなければならないように。聞く耳を持たない耳が、我が身をずっと鎖《とざ》していなければならないように。だからいつも言葉は、少しばかり意地悪だ。それが名付け親の特権なのか。好き勝手に遊んでいたい子供達の気持ちを、気に留める事もしないで。だからなんだか言葉は、少しばかりニヒルな紳士にも似ている。ダンスの相手を次々に替えては、その誰にも一向満足しないで。

　人の口に立てられた戸は、その開け閉めさえ自分ではできない。行く雲は行くままに、流れる水は流れるままに、ほんの一時、休む事さえ自分ではできない。本当は自由気儘の筈なのに。今は言葉に逆さにきつく縛られて。一度手放せば、もう二度とは戻って来ない。そんな脅しに、ものの見事に虚仮《こけ》にされ。そうら見ろ！　だから言わない事じゃない！

猫

まだ朝が眠っている午前三時。猫が、ミャーオォ、と起床の喇叭《らっぱ》を鳴らす。「用を済ませた、早く片付けろ」と言わんばかりに。猫ババをしたのはお前ではないか。一旦隠したものを、何故わざわざ知らせに来るのか。猫は早や、布団の中に潜り込んでいる。朝もまだ眠っている。夜明け前の清掃夫が一人、目をこすり、鼻をすすり、仕事をしている。それは自由経済の法則ではない。フン？　それは社会制度の矛盾でもない。ふんふん？

すっかり明け切った朝。猫が寝返りを打つ。どろどろにまどろんだ昼。猫が、一つ欠伸をする。猫の黒目が大きく丸まり、ようやく一日が暮れ始める。ミャーオォ、ミャーオォ、食事をし、毛を繕い。ミャーオォ、ミャーオォ、あちらを破り、こちらを引っ掻き。一軒の家には、必ず一匹の猫がいる。お隣にもそのお隣にも、そのお向かいにも。こちらがその言いなりになる、そんな猫が。どこにでもいるのだ。

まだ朝が眠っている午前三時。また起床の喇叭が鳴っている。

柿

昨日、凡俗の風が一吹きした。するとまた巷では、古い暦が売り出された。早く捥《も》いだ柿が一個、食卓の上にある。まだ当分は熟しそうもないままに。この季節、家々の庭にはそれぞれ種類の違う柿が生っている。どれもが小粒で、この曇り空の下、薄汚れて見える。接木をして育てた思想。哀しい、土着の風景。だから柿を食べれば鳴るあの鐘は、朝焼けの中では決して響かない。きっとそれは、野辺送りの晩鐘だ。一粒の種から日々膨らませた、生粋の骨格豊かな思想。そんなものは、この国のどこにも見当たらない。そうしては、何度も何度も凡俗の風に晒される。家々の窓々に、亀虫が貼り付いている。またすぐ冬になる。凡俗の木枯らしも吹く。皆が皆、甘い汁を吸って生きてはゆけない。何故なら、その殆どは渋く、渋いのこそが本当なのだから。

或る朝、庭から程良く色付いた柿を一口啄んで、鳥が飛び立った。眇《すがめ》にそれは、青い鳥のようにも見えた。柿の葉は落ち尽くし、その辺りの土を肥やし始めていた。

鞄

鞄の中には、何もなかった。物という物は、全てを捨ててしまった。旅に出る時も、勤めに行く時も、その鞄を持っていた。最早それは、手慰みの装いでしかなかった。目的地のない旅。何の役にも立たない仕事。空虚な鞄は、それらにはお似合いだったのだ。家の中でも、その鞄を携えていた。寝る時にも、その鞄を抱いていた。枕の代わりに、その何とも言えない革の匂いが、心地好い眠りを誘った。勿論のこと、何も入っていない鞄には、たった一つの心の欠片も入ってはいない。今でも、捨て去った物の山の中から、干からびた心の欠片がきっと見つかるはずだ。

そんなある日、ある街角でよく似た鞄を見つけた。質屋の薄暗いショーウインドーに飾られたそれは、確かによく似ている。まだ新しい、その光沢。「そうだ。この鞄も初めはあんな風だった」今は手垢の付いた、傷だらけの鞄だが。その夜、丹念に革用のクリームを塗ってみた。

今日も同じ、中身が空っぽの鞄。少しばかり艶が出て、しかしそれはもう、決して質草には成ることもない。

時

それは唯一無二の妙薬。その効能はただ一つ。「忘却」！　例えば。ついさっきまで足元でじゃれついていた小さなものが、今はもうどこにもいない。その辺りでニャァ、と鳴いていた筈なのに。サ、サー、と風のように。ある日不意にやって来て、気儘に過ぎ去るもの。悲しさだけを残して。昨日も悲しく、今日も悲しい。記憶の容量には限りがなく、悲しさだけが続く。或いはまた。明け方に見た夢の中。その人が産み、その人そのものとしか見えない女児を抱き上げようとして。けれども何故かずしりと重く、それは持ち上がらない。ふっ、ふっ、ふっ、と笑っている女児。まるで石の地蔵のように。夢の中でさえ、記憶は過去を拒絶する。悲しい。毎日が、悲しさの渦に巻かれているようだ。昨日も悲しく、今日も悲しい。

ところがある日、ふと気付く。いつの間にか、時がこの身に寄り添っている事に。誰が処方した訳でもないのに、知らず知らずの内に治癒している事に。それは、忘却をさえ置き去りにして。

神

どんなに子細に調べても、外観からは何も発見できなかったが、その時既に心の中には深々と一本の刃が突き刺さり、血痕は点々と今に続いている。曰く、血まみれの恋。刺殺者は、なお逃走中でその行方は知れないが、きっとこの国のどこかで何事も無かったかのように暮らしているのだろう。不思議なのは血まみれの男の方だが、彼は一種の軽薄詩人で、犯人を恨むどころか、悪いのは自分の方だと、深く感謝さえしている。「あゝ、あの人は私のミューズです」

その後、男の前にはそんな風にして何人ものミューズが現れては消える。いつも人だとばかりは限らない。ある時は猫であり、また犬であり、蟻でさえもあり。一本の道端の草花や、一個の小石でさえもがミューズとして現れ、やはりどことなく軽薄な詩の扉を開いた。こうなるとそれは、迷宮入りの殺人事件でもなんでもなく、新たな「ケイジ」上の出来事なのである。だからほらっ。今日もまたどこかで、ミューズがひとり。

縄

幸せの総量には限りがあり、不幸のそれには限りがない。人生の縄はいつも不幸で糾《あざな》われ、その綻《ほころ》びの所々に小さな幸せがある。十歳を過ぎれば、人は誰でもその事に気付く。だから、何も知らずに笑顔を見せているのは、生まれたばかりの赤ん坊、青空の下の子供達ばかり。

幸せの総量を使い果たした男が、自らを縛ろうとその身に縄を掛けている。ググッ、と力を入れて引っ張ると、縄は、ぷつん、と切れてしまう。小高い木の枝に縄を掛け、その中に首を吊るそうとする。また縄は中途で、ぷつん、と。見れば、縄の所々の綻びが解け、それもまた、不幸の総量の一つのようだ。

何も知らずに、傍らで子供達が縄跳びをしている。ビュンビュン、不幸で糾われた縄を回して。もっと向こうでは、長く伸びた縄を、二人の天使が大きく大きく回している。その中を子供達が一人、また一人、軽々と跳んでゆく。縄の綻びがいつか、ぷつん、と切れるその時まで。周りには嬉々とした声が響いている。

%

25％、四分の一。それを限りの、命なのである。「もう」のような「まだ」のような時間なのである。足元も見えない深い霧の中。ようやく朝陽が昇り、道の先が薄っすらと見え始める。すると冬の日は、既に暮れようとしている。

25％。それは、喜怒哀楽のそれぞれの配分値。嘘だ！　四分の一だけ生きて来て、あとはずっと死んでいたのだ。何も感じず、何も思う事なく、為す事もなく。いつもいつも、行き止まりのあの道。それとも二俣、三俣に分かれたあの道、デコボコの、泥濘《でいねい》の。その前で、その中途で、いつもいつも茫然と凝視していた。長い長い空白の時間。今更、置き忘れた物を取りに行くのか。一体何処へ？　今頃それは、転々と回送されているのだ。受取り人不明の、意志の欠片として。それでも――

25％。やり過ごすには早すぎ、忘れ去るには遅すぎる。それは、『しぶいち』。賭けるには、旨すぎる。

青

確かに誰かが言ったそのように、『そらのふかさをのぞいてはいけない』。その深さに吸い込まれ、人は墜落してしまうのだから。空と海とを見誤ったあの飛行機乗りのように、僕も間違えた。愛と憎しみとを。未来と過去とを。言葉と行為とを。そしてあなたは、空の底のその果てに行ってしまった。どんなに目を凝らしても見えやしない。どんなにその名を呼んでも届きやしない。そんな空の底のその果てに。この地の上に、僕は尚ひとりいる。そして海の深さを思っている。目の前に広がる海の底、その果てに、もしやあなたがいるのではないかと、そう思いながら。しかし、船乗りは間違ったりしない。海と空とを見誤ったりはしない。いつも「今」だけを見詰めて。希望の欠片さえも持たずに。

海の深さは空の深さに呼応している。だから。海に沈んでゆく機影。空に飛んでゆく帆影。目の前には、その面影が浮かぶ。僕は尚ひとり。青い顔をして、青い血を流す。

※金子光晴「燈台」より引用

橋

こんな僕の心を、誰か買ってはくれないか。こうしてもう、押し売る事しかできない。望みを叶えてくれる神なのか仏なのか、その名もその所も知らないけれど。たぶんそれは、そんなものがこの世にはいないから。その代わりに。打ちひしがれ、心が折れそうなその時、僕を慈しみ、悲しさを和らげてくれる。やっぱりそれも、神なのか仏なのか、僕には全然分からないけれど。ただ、そんなものが確かにいるのだ、とそう思う。どうにかここまで生きてきた僕に分かった、それが、たった一つの事。

そんな所で独り泣いている君。だから今、僕はそんな君の心を買ってみたい。貧しい僕には、大した持ち合わせもないのだけれど。せめて僕の心と引き換えに、君の心を僕に与えて欲しい。

昨日からずっと降っている雨。おまけに今日は、冷たい木枯らしまで吹いている。それでも、ほらっ。西の空に、少しずつ晴れ間が覗いてきたのでは。うっすらと、あれはほらっ、虹が架かっているのでは？ 渡ってみようか。だから、君と一緒に。

友

　それじゃまた、と言って別れたきりの人に年賀状を出す。今年は会いたいな、会えるかな。そんな文句を書き入れて。しかし、会う事はないだろう。距離だけに隔てられているのではない、何かがあって。あの頃、それじゃまた、と言って、翌日にはきっと会ってはいたのだが。キャンパスで、下宿で、あの喫茶店で。それは本当にあった事だったのだろうか。遠い昔に観た、劇の場面の一つ一つのようだ。時と場所が重なるだけなら。今朝もまたあの新聞配達の少年と、昼にはあの初老の郵便配達人とも会いはしたのだが。

　今宵、木星と土星とが近づき合って、まるで一つの星のように見えている。六十年後、この天文学上の必然の出会いがまたある。しかし、再びそれを目にする事はない。その時私は、暗い土の中に居る。もう年賀状を出すこともない。それじゃまた、と言って、もう決して会う事も、帰ってくる事もないのだ。

※２０２０年12月22日午前3時、木星と土星は最接近した。次の機会は、２０８０年。

死

私は、この世でもっとも美しい音楽を知っている。この世でもっとも美しい詩も。しかし、誰にも告げはしない。なぜならそれは、私だけの宝物だから。そしてたぶん、誰もがそれを、美しいとは感じもしないだろうから。泥の上に蓮の花は咲き、白鳥は水の中で懸命に足掻《あが》いている。誰が好んで、泥水を飲もうとするだろう。尻を左右に振りながら、家鴨はそれでも忙しく立ち回ってはいるのだが。

音楽は響き、詩は流れる。全て全て美しいものは、時の中にある。時の中でこそ、人はそれを感じ得る。だからもし今、私が死ねば、途端に音楽は途絶え、詩は掻き消える。私だけの宝物を、私は自身の墓所に運び込む。その時、この世からまた一つ、美しいものが永遠に欠け落ちる。美は、決して永遠とは、その手を握らない。私は、この世でもっとも哀しい音楽を聴きながら。この世でもっとも哀しい詩を口ずさみながら。そして、もっとも哀しい一つの影像に成るだろう。

嘘

死ぬ時には一言、「幸せだった」と、そう言い残して。それともせめては、日記帳の最後の一行に、そう書き残して。生まれてきて、本当に幸せだったのかどうか。生きてきて、本当に幸せだったのかどうか。この期に及んでまで、そんな事を問いはしない。けれども、何人もの死に立ち合い。いつもいつまでも、心はどんよりと曇ったまま。「あなたの一生は幸せでしたか?」「ほんとうに、ホントウニ、そうでしたか?」

年老いた犬が死ぬ。この両の手の中で。最期に「ワン」と一声吠えて。年老いた猫が死ぬ。この両の胸の間で。最期に「ニャア」と一声鳴いて。生温かい最後の小水を垂らし。最期に「クゥ」と小さく泣いたものもいた。あゝ。「お前たちの一生は幸せだったかい?」その殆どを鎖に繋がれ、大して旨くもないものを与えられ。狭く貧しい、こんな家の者に拾われたばかりに。だから死ぬ時には、最期の最後の嘘を吐いて欲しかった。せめて一言、「幸せだった」と。

人

待ち人来たらず。今年も。誰を待っているのか。今はいない、星のはるかかなたに行った者を。なぜ待っているのか。あの時逸らした言葉を、もう一度耳元で聞くために。けれど街には、待ち受けない人ばかりが。物知り顔の道化師。饒舌なパントマイム。笑いは笑いとならず、悲しみも悲しみにはならない。そんな人達が、新しい年の挨拶などをしている。そしてその傍には、遣り場のない薄汚れた怒りが立っている。煙突掃除の少年のように。もうどこにも煙突なんて無いのだが。だから、帰る者も決して帰り着かない。帰る所など、もうどこにも在りはしないのだから。とうの昔に覚《さと》った一つ限りのその真実をさえ忘れて、忘れようとして。ただ、来ぬ人を待っている。今年も。あの時逸らした眼差しを、今度こそしっかり掴もうとして。しかし、待ち人来たらず。ついに来たらず。そして彼もいつか待たれる者として。消えかけた虹のかなたに、一人遠く去ってゆくのだ。

知

「人はどこから来て、どこへ行くのか」なんて。頭の上にはいつも空があって、目の前にはどこまでも続いている道があった。そこをトボトボ歩いて来て、これからもトボトボ歩いて行くのだろう。空が落っこちてきたり、地面が裂けたりでもしない限りは。だから、「人はどこから来て、どこへ行くのか」なんて。さあ、そんな事は知らない。すると、まただ。「人は何の為に生まれてきたのか」なんて。もう殆ど覚えてもいないずっと昔、オギャー、と生まれて、それからずっと息をしてきた。頭の上には空があって、時々そこには黒い雲が群がり、雨を降らした。するとは次の瞬間、雲の切れ間からサー、と明るい陽が差した。地面はぬかるみ、干からび、砂混じりの風が吹いていた。その道をトボトボ、ここまだ歩いて来たんだ。だから、「人は何の為に生まれてきたのか」なんて。さあ、そんな事は知らない。そんな事は知らないよ。すると、まただ。頭の上には空があって、目の前にはどこまでも続く道があった。

乞

乞われれば、僕のものは何でも差し出そう。お返しなんていらない。たとえ乞われなくても、僕のものは道々、捨て置いて行こう。そんなものには、誰も見向きもしないだろうけれど。それでも、中には一つ位、役立つものがあるかも知れない。そうして決して、僕の方から乞う事はない。必要も不要も、もう十分に分かってしまった。「それは、空気のようなものだった。吸い吐くその度ごとに、これだけで沢山だ、これだけが有れば良い。そしてまた、たとえこれが無くても、それはそれで仕方がないのだ。」そんな風に感じて。結局僕は、そのようにしてここまで来てしまった。もう最期の水も望まない。思い出の欠片も、涙の一滴も、溜息の一つさえ、もう用はない。過剰に耐えた日々。欠乏を嘲りながら。それでも尚、心の中で叫んでいた。

『僕は乞食じゃないんだ！』

あれから随分と時は流れたけれど、それでも何故か昨日の怒りのようにありありと。その自恃《じじ》だけを身に刻み付けて、僕はここにいる。

あとがき

「詩想の見本帖」として

実は、ずっと以前に詩集となるはずの原稿が纏まっていたのですが、それを形にする前にこの散文詩集の構想が浮かび、こちらに宗旨替えする事ですっかり時間がかかってしまいました。ご覧のとおり、ここには50篇の散文詩が並んでいます。どこから読んで頂いても構いません。勿論、最初の一篇から最後の一篇まで通読して頂ければ望外の喜びではあるのですが。

今更ながらに、ここで散文詩を定義しようとは思いません。ただ、経験上簡略に言ってしまえば、散文詩というものは、口語自由詩における所謂「行分け詩」を充分に書き得た後でしか、これを能く書くことはできません。そして、その逆はまず有り得ません。つまり、いきなり散文詩に至る道は無いのです。とは言っても、散文詩が究極の詩の形である訳ではありません。その抒情詩としての成り立ち、発話や発想の仕方から見れば、詩の基本が断然「行分け詩」に在ることに変わりはありません。

さて、詩集タイトルについてですが、古い言葉に「三百代言」と言うものがあります。辞書には、「無免許の代言人・弁護士、詭弁を操る人」などと説明されています。これにあやかり、一篇が、いつも手元にある四百字詰め原稿用紙、およその一枚分の詩の集として、これを『四百代言』としてみました。ほとんど全篇が、人のエゴの塊であり、その表白です。それらは、本当の望ましい人の生き方からは、かなり遠い所にあるでしょう。しかし、それがまた詩というものであるようにも思います。少なくとも、色々な詩想の形を示すことはできたのではないでしょうか。

前詩集『Sixteen's』（２０１０年刊）のあとがきに、「さて、予定では『あともう一冊』です」と書きました。あれから上記の様な訳で随分と時間が経ってしまったのですが、何とか約束を果たせたのではないかと思います。

「これで、やれるだけの事はやったかなぁ」という思いもあります。

最後になりましたが、この詩集のイメージをそのままに表紙絵に描いてくださった、パリ在住の遠矢美緒さんに深く感謝いたします。〝目《め》留《る》詩《し》慰《い》慕《ぼ》久《く》〟

それではまた、いつか、どこかで。

今　猿人

※右のあとがきは２０２１年に書いたもの。その後、詩誌にて発表し、この度ようやく詩集に纏めました。

今　猿人　（こん さるひと）

兵庫県在住

所属
　詩誌「新怪魚」「現代詩神戸」

既刊詩集
　『抒情詩　イソップの詩法』（2007年　竹林館）
　『夢見峠』（2008年　編集工房 MO 吉）
　『Sixteen's』（2010年　編集工房 MO 吉）

現住所
　〒669-1504　兵庫県三田市小野603-12　池本方

メール
　onhm-ikeike55@hera.eonet.ne.jp

ホームページ
　http://www.eonet.ne.jp/~konsarupoe/

今　猿人 詩集　四百代言

2023年12月6日　第1刷発行
著　者　今 猿人
発行人　左子真由美
発行所　㈱ 竹林館
　　〒530-0044　大阪市北区東天満2-9-4　千代田ビル東館7階 FG
　　Tel　06-4801-6111　Fax　06-4801-6112
　　郵便振替　00980-9-44593　URL http://www.chikurinkan.co.jp
印刷・製本　モリモト印刷株式会社
　　〒162-0813 東京都新宿区東五軒町3-19

ISBN978-4-86000-506-1　C0092

定価はカバーに表示しています。落丁・乱丁はお取り替えいたします。